L'IMMORTALITÉ DV CARROVSEL

DE MONSEIGNEVR D'ESPERNON, DVC ET PAIR DE France, Colonnel de l'Infanterie Françoise, Gouuerneur & Lieutenāt General pour le Roy en Guyenne:

Auec le Trophée de ses victoires.

A PARIS,

Chez la veufue du Carroy, ruë des Carmes à la Trinité.

Iouxte la coppie imprimée à Bourdeaux, par Guillaume Millange, Imprimeur du Roy.

M.DC.XXVII.

A MONSEIGNEVR

D'ESPERNON,

DVC ET PAIR DE FRAN-
ce, COLONNEL DE L'INFAN-
terie Françoise, Gouuerneur &
Lieutenant General pour le Roy, en
Cuyenne.

MONSEIGNEVR,

Ie respirois n'aguieres
Soldat la trompeuse fu-
mée de la Cour & des
mesches, quand le bruit de vos Trophées, plus fort que le bruit de nos Armes, me fit naistre le desir de l'ouyr de
plus prés, il esueilla ma Muse, qui dor-
moit casaniere à l'air des fifres sous le
le froid air d'vn drapeau, & l'inuita de
venir vous offrir ma plume & mon
espée, l'vne ne veut escrite que de vous
ny l'autre trancher que pour vous.

Elle vient donc icy vous publier que
vous seul estes le discours de toute la
Cour, qui ne s'entretient que de vos
merueilles. & que Paris n'a pas trouué
moins de langues pour en parler, que
Bourdeaux d yeux pour les voir. Paris
autrefois le Paradis du monde n'a que
le regret de l'auoir esté, & la honte de
ne l'estre plus, Vous auez donné à
Bourdeaux vn visage si beau qu'il en
est demeuré sans attraits. La Grece
affligée se plaint desia que vous auez
flestry ses oliuiers & sa gloire, elle n'a
plus l'audace de vanter ses jeux Olim-
piques ; & l'Italie se confessant vain-
cuë de regret rompt ses arcs & ses am-
phitheatres, & ne reserue ses temples
que pour y honorer vostre memoire.
Les vertes riues du Penée ne portent
pas assez de lauriers, ny les fertiles sa-
blons de l'Idumée assez de palmes
pour en couronner vos belles actions,
qu'on en peut bien dignement escrire
que du doigt muet d'Arpocrate, &
bien qu'il ne soit pas moins impossible

de les escrire que de les imiter, i'aymé
mieux qu'vne innocente temerité me
pousse à le faire, que si vne coupa-
ble discretion m'en destournoit. Si i'e-
stois Orphée vous seriez l'vnique Dieu
de mes Hymnes : si i'estois Pindare,
vous seriez le sujet de mes Odes : bref
si i'estois Homere, vous seriez l'Achil-
le de mes Poëmes, comme vous l'estes
de la France, laquelle desireuse de vous
rendre anssi immortel que vostre nom
n'a pas porté de traistres, Paris mais vn
Paris fidelle, qui vous honore autant
que le cherissez : Il vous a veu autrefois l'Achate d'Henry III. le Patrocle
d'Henry. IV. & vous recognoist auiour-
d'huy l'Epheftion de noftre inuinfible
Alexandre. Le Ciel vous conferue si
long-temps au feruice de fa Couronne, que le fouhaite,

MONSEIGNEVR,

Voftre tres-humble & tres-obeiffant
feruiteur,

CAILLAVET.

LE TROPHEE
DE SES VICTOIRES.

Qve ie me plains de la nature,
Qui dans le succez de son cours,
Trop restitué à mon aduenture,
N'a pas voulu de meilleure heure
Establir l'ordre de mes iours,
Alors mes heures preuenuës,
M'eussent rendu le vray tesmoing
De plusieurs choses aduenuës,
Qui me semblent comme incogneuës
Pour ne les voir que detrop loing.

   Monseigneur, si ie les souhaite,
Ce n'est pas pour tant de combats,
Où le Dieu Mars qui vous appreste
Tous les lauriers pour vostre teste
Ennia l'heur de vos Soldats,
Il eust voulu dans nos alarmes,
Poussé d'vn genereux courroux,
Estre au nombre de vos gendarmes,
Nayant pour chef d'autre que vous
A la conduite de ses armes.

   Vos combats sont si manifestes
Parmy les peuples plus peruers,
Où l'on vit de sang & d'incestes,
Qu'on n'en peut ignorer les gestes
Qu'on lit au front de l'vniuers,

Il n'y a pays ſi barbare,
Ny ſi deuot aux immortels,
Où le Soleil ſerue de Phare,
Qui chaſque iour ne vous prepare
Des victimes ſur vos autels.

L'encens ſacré de ſa fumée
Embaſmant l'air & les humains
Dont l'Aſſyrie eſt allumée,
Et les palmes de l'Idumée,
Sont tributaires de vos mains,
La France loing de ſes vacarmes
Se voit en ſon premier eſtat :
Vos exploits ont eſté les charmes,
Qui dans les troubles de l'Eſtat
Ont appaiſé nos chaudes larmes.

Le móde a veu en mainte guerre,
Depuis trois Roys victorieux,
Que l'air n'auoit plus de tonnerre,
Car vos Canons deſſus la terre,
Faiſoient meſme trébler les Cieux,
L'azur ſalé des ondes bleuës
Se vit alors vn rouge eſtang,
Où vos troupes bien reſoluës
Vainquant, de charoignes pollües
Firent vn deluge de ſang   (narque,

Voſtre nom dont vn grand Mo-
Pourroit enrichir ſon bon-heur,
Pour rendre ſes actes de marque,
Se voit adoré de la Parque,
Qui meſme craint voſtre valeur:
Voire quand bien les deſtinées

Se refoudroient à l'aduenir
De l'effacer par les iouɪnées,
Pour en perdre le ſouuenir
Le temps auroit manque d'années.

    Luy meſme qui rompt nos fabriques,
Et qui ſuruis à tous uos faicts,
Voyant des traicts ſi heroiques,
A donné toutes ſes Chroniques
A la gloire de vos hauts-faicts:
Voire encor le bruit des merueilles,
Que ſes ſiecles ont herité
Des acqueſts de vos longues veilles,
Bien qu'il nous charme les oreilles,
Eſt moindre que la verité.

    Les Dieux qui ont veu les adreſſes
De tant de beax actes guerriers
Leur font maintenant des careſſes.
Et pour guerdon de vos proüeſſes
La terre donne ſe s lauriers,
Iamais le vent ne les eſloche,
Il ne ſçauroit vous en priuer,
Et quoy qᵫe l'air vers nous deſcoché,
Soit en Eſté, ſoit en Hyuer,
Froid ny foudre ne les approche.

    Tant de frimas qui nous rauagent
Nos prez & noz jardins plus beaux,
Et tant de foudres qui ſaccagent
Et monts & bois n'ont point de fleaux
Poɪr les rameaux qui vous ombragent
Ainſi les vents & les tempeſtes;
Ou par conteainte, ou par deuoir

Ont

Ont espargné tousiours leurs festes:
Car pour le prix de vos conquestes
On n'en pourroit assez auoir.

Le dernier trouble des batailles
Où l'on vous a veu triompher
Dessus la bresche des murailles,
Qui regorgoit de ses entrailles
Vne moisson pour voftre fer,
Fut vn subiet à la memoire
Pour dire à la posterité
Que les armes de la victoire
Seront les tesmoins de la gloire
Que voftre bras a merité.

Ainsi leurs superbes machines,
Qui menaçoient mesme les Cieux,
S'affesserent dans leurs ruines,
Esbranlant des troupes mutines
Tous les proiects ambitieux :
Car vos Canons mirent en poudre
Leurs bouleuars en vn moment :
Les tours qu'on voyoit se disfoudre
Pour leur seruir de monument
S'embloient eftre touchez du foudre

Lors il ni eut coing fur la terre
Si deserté par les humains,
Ou pour la glace qui les serre,
Ou pour les flammes du tonerre,
Qui ne trēblaft deffous vos mains,
Voftre vertu tant eftimée
De vos ennemis defcouuerts
Fut plus loing que la renommée,

Et ne peut estre proclamée
Que par la voix de l'vniuers,
     Vos mains ont brizé tant d'obstacles
Qui s'opposoient à vos desseins,
Qu'il faudroit mesme des oracles
Pour reciter tant de miracles
Si grands, si glorieux & saincts.
Mes forces seroient trop petites
Pour vous rendre vn ouurage tel,
Où vos valeurs fussent descrites
Auec vn crayon immortel
Qui ne chantast que vos merites.
     Vn desir pourtant qui s'allume
Eschauffe desia mes esprits,
Et donne suiet à ma plume
De composer vn gros volume
Où vos Trophées soient descrits,
Mais ie reserue pour mes veilles
Ce Panegyre vniuersel
De vos victoires nompareilles,
Pour faire vn essay des merueilles
Aux loüanges du Carrousel.

L'IMMORTALITE' DV
CARROVSEL.

IE voy ce grand Mars dont les armes
Ont appaisé tous nos vacarmes
Qui vient moissonner les lauriers

Que Bourdeaux doit à ſes Trophées,
Où ſes meilleurs exploits guerriers
Sont le concert de mille Orphées.

Toute la France rend des feſtes
A la gloire de ſes conqueſtes:
Le moins deuot aux immortels
Es nations les plus eſtranges,
Sacrifie ſur ſes autels,
Charmé du bruit de ſes loüanges.

L'hyuer a bani ſon orage
Les vents ont deſpoüillé leur rage
Soubs les rochers de leur maiſon :
Le ciel a quitté ſa diſgrace
Et dans la plus froide ſaiſon
On meſcognoit preſque la glace.

Les elemens bien qu'inſenſibles
En ſa faueur viennent paiſibles
Et s'humilient deuant luy,
Afin qu'on chaſſe les alarmes
Pour leſquelles juſqu'auiourdhuy
Le ciel nous baigne de ſes larmes.

Luy qui fit nos tempeſtes calmes
Vient maintenát cueillir les palmes
De tant de beaux actes paſſez,
L'vniuers les rend à ſa gloire
N'en eſperant iamais aſſez
Pour prix de ſa moindre victoire.

Ainſi ce Mars dont la puiſſance
Prit d'vn Hercule ſa naiſſance
Pour ſupporter vn pareil faix
Nous veut monſtrer que ſa couróne

N'eſt pas moins riche en temps de paix,
Que dans les troubles de Bellone,
    L'ambition qui nos cœurs bleſſe
Y fait accourre la Nobleſſe,
Qui pour recognoiſtre ſon Mars,
Offre ſon pouuoir en hommage,
Comm'autrefois dans les hazards,
Elle fiſt vœu de ſon courage.

    On nous diſpoſe des batailles
Dedans l'enclos de nos murailles,
Deſia les eſcadrons de rang
S'arment de fer, non de malice,
Et peu alterez de leur ſang
Cherchent l'honneur & le delice.

    Icy on dreſſe des carrieres
Pour faire vn combat de barrieres:
Ailleurs on fait des bouleuarts,
Plus pour l'amour que pour la guer-
Où l'on eſleue des ramparts,   [re
Auec demy-lunes de terre.

    Ce fort deſtiné pour les Dames
Seruira pour les belles ames,]
Le combat ſera glorieux,
On y verra beaucoup d'alarmes,
Mais pourtāt les traits de leurs yeux
Seront les plus puiſſantes armes.

    Là pour les troupes ennemies
Qu'on ne veid iamais endormies,
Dans les attaques de l'Amour,
Ou fort ſouuent le cœur nous manque,
Afin de battre ceſte tour,

Vn fort contraire l'on y flanque.

Ce champ leur peut faire feruice,
On le voüe pour l'exercice,
Il n'eft raboteux ny caué
Par le foc mordant des charruës,
Ailleurs on brife le paué,
Pour faire vn combat dans les ruës.

Chafqu'vn fe iette dans la pompe,
Il veut que fa lance s'y rompe,
L'efclat de l'or bleffe nos yeux,
L'argent nous esblouit fans ceffe,
Le moindre deuient curieux
De voir le train de la Nobleffe.

Defia le combat fe prepare
I'oy la trompette qui fanfare,
Voyla le chef & fes guidons,
Les cheuaux bardez iufqu'à terre,
Et fur le front des efcadrons
Le fils de Mars vient à la guerre.

Le peuple s'y rend à la foule
Attendant l'heure qui s'efcoule,
Les portes feruent d'efchafauts,
Tous les plus grands font aux feneftres,
Les toits qui nous fembloient fi hauts
Sont trop petits pour tant de maiftres,

I'efcoute le toict qui fe caffe,
Tantoft vn theatre tracaffe,
S'accrauantant deffous le poids,
Or il y vient tant de recreüe,
Que tout Bourdeaux femble à la fois,
Eftre venu dans cefte ruë.

Enfin on entend les trompettes
On void de loing luire les creſtes,
Nos yeux en viennent tous charmez,
Le ciel ioint ſi fort ſes lumieres
Au fer brillant de leurs armetz,
Qu'il nous fait ſiller les paupieres.

  Ces champions pleins de courage
Sont bien montez à l'aduantage,
Chaſque eſcadron a ſa couleur:
Ah! qu'eſte troupe eſt bien accorte
Ce chef monſtre bien ſa valeur,
Voyez ſes gens tous d'vne ſorte.

  Ainſi ces deux bandes arriuent,
Auec cent troupes qui les ſuiuent,
La preſſe y fait creuer de chaut,
Voire à peine ce grand eſpace
Pour l'eſtendüe qu'il y faut
Leur peut fournir vn peu de place.

  Les Mareſchaux, ſont dans leur charge,
Les trompettes ſonnent la charge,
Les cheuaux d'vn ſuperbe pas,
Maſchent leur frein couuert d'eſcume
Leur barde qui pend iuſqu'à bas
Les rend plus fiers que de couſtume.

  Voyla le combat qui s'annonce,
Les deputez donnent reſponce,
Leur deſir eſt de triompher,
Ie voy le chef qui s'y apreſte,
Son aduerſaire prend le fer
Pour ſe combattre teſte à teſte.

  A meſme temps chacun s'eſlance,

Sur son cheual & sur la lance
Aussi viste qu'vn coup de dard,
Leur bois est fresle comme verre,
Car pour n'encourre aucun hazard
On le fracasse contre terre.

Ainsi leur lance dissipée,
Ils ont recours à leur espée,
D'ont l'acier brille dedans l'air :
Ils s'entrechoquent de ces larmes
Qui se fendent comm'vn esclair
Auec cent bluëttes de flammes.

Encor ils font à la poursuitte
Ie les voy tous deux à la suitte,
L'espée au poing sans nul courroux,
A l'heure qu'ils vont à l'encontre,
Ils chamaillent deux ou trois coups,
Plus à dessein, que par rencontre.

Ils se retirent en arriere,
Puis ils reprennent la carriere,
Ils n'ont plus que le pistolet,
D'ont les esclats dans la poussiere,
Lors qu'ils se tiennent au collet
Esblouissent nostre paupiere.

Apres cela l'on fait combatre,
Les premiers rangs de quatre à quatre,
Ce leur est vn ioyeux esbat :
L'amour & l'honneur les maistrise,
Ils s'encouragent au combat,
I'entens leur lance qui se brise.

Les autres rangs en font de mesme
Ce champs de lances se parseme,

Et du froiſſis de ſes guidons,
Ces guerriers ſemblent des Achilés,
Or ils meſlent les eſcadrons,
Tantoſt ils ſe batent par files.

Le cliquetis de leurs eſpées,
D'vn ſi grand choc demy-coupées,
Emmy la preſſe fait tel bruit,
Que les bluettes dans la poudre
Semblent l'orage d'vne nuit
Parmy les eſclats de la foudre.

Tantoſt ceſte bande ſe coupe,
Apres elle ſe bat en troupe,
Ores de front, ores de flame,
Maintenant ils font des cornettes,
Puis tout à coup doublent leur rang
Soubs le fanfare des trompettes.

En fin le piſtolet met trefue
A la bataille qui s'acheue,
Ces combatans ſe meſlent tous,
Ceſte troupe ſemble allumée,
L'air retentir de mille coups,
On eſtouffe dans la fumée.

Ceſſez doncques braues gendarmes,
L'amour du ciel, l'honneurs des armes,
Afin que le temps à venir
Faſſe le prix de la victoire,
Qui ne ſe peut entretenir
Que du beau los de voſtra gloire.

Ceſte Marquiſe dont la face
Les beautez du Soleil efface,
Et les brillants de ce pourpris,

A l'heure

A l'heure que moins on y penſe
Vous fait offre d'vn riche prix
Pour le butin de voſtre lance.

Prenez vn trait de ſon viſage,
Pout embrazer voſtre courage,
Le ciel pour vous ſe rend plus beau,
Voſtre couronne s'y apreſte,
Amour a deffait ſon bandeau
Pour mieux iuger de la conqueſte.

Ces Champions dans la carriere
Nous troublent l'air de la pouſſiere
Soubs la fortune qui leur rit :
Il ſemble qu'elle ſe partage
La gloire tous deux les cherit
Aucun n'emporte l'aduantage.

Mais toſt ou tard faut qu'elle cede
A celuy-là qui la poſſede,
C'eſt l'eſpoir & le vœu de tous :
Ce chef à la bague s'anime
Si fort qui l'emporte cinq coups
Auec le pris de ſon eſtime.

On fait reſonner les trompettes
Tout le monde luy rend des feſtes,
On le dit l'aſtre de nos iours,
Le ſacré Temple des Carites,
Ainſi chacun fait des diſcours
Du triomphe de ſes merites.

Ce   ant on dreſſe partie,
La troupe en   toſt aduertie,
Ils ſe diſpoſent   matin
De meſler en cet xercice,

En faisant courre le Faquin,
Auec la gloire, le delice.

En attendant que la nuict sombre
Voile la terre de son ombre.
Chassant les rayons du Soleil,
Qui les va plongeant dedans l'onde
Lors que l'image du sommeil
Charme les yeux de tout le monde.

Les feux du Ciel ne font que naistre,
Que les grands sont à la fenestre,
De toutes parts le peuple accourt,
Les guerriers on quitté la liesse
Chasqu'vn s'esmeut du bruit qui court
D'aller à ces feux d'artifice.

Le temps venu qu'on les allume,
A peine encor la place fume,
Que les fusées dedans l'air,
Auec la force de la poudre,
Volent plus viste qu'vn esclair,
Et font plus de bruit que la foudre.

La nuict au iour de tant d'estoilles
Retire ses obscures voiles,
Les tenebres ont prins l'effroy?
Ces flammes leur font incognuës,
La Nature voit en esmoy
Le Firmament dedans les nües.

Le Ciel qui contre nous desserre
Ses foudres, craint ceux de la terre,
Dont le feu vient si soudrain,
Que pour euiter ses outrages
Le front de l'air se rend serain

Par la fuite de ses nuages.

Icy l'on entend vn vacarme,
De mille flammes en alarme,
Qui semblent brusler de courroux,
Craquetant contre nos oreilles
D'vn tintamarre de tels coups,
Que c'est vn monde de merueilles.

Vn essain de serpens en foule,
Confusement dans l'air se roule,
Puis tout à coup ces vipereaux
Serpentans d'vne longue queüe,
Et plus brillants que cét flambeaux,
Font vn miracle à nostre veüe.

Tandis cette troupe guerriere
Promet vn combat de barriere,
C'est nostre attente & son desir :
Mais cependant qu'elle s'appreste
On offre encor pour le plaisir
Vne autre bague à la conqueste.

L'ambition qui les anime
D'vn cœur ialoux de leur estime
A tous ces Caualiers esprits :
Mais tost la main la plus accorte,
Reçoit l'honneur auec le prix
De cette bague qu'il emporte.

Vous nonobstãt braues guerriers
Qui viendrez au choc les premiers
N'enuiez pas ce riche don,
Le digne acquest de sa victoire,
Le Ciel vous promet en guerdon
Mille palmes pour voltre gloire.

Armez donques voſtre poitrine
D'vne ame conſtante & diuine
Le iour qu'on vous donra l'aſſaut,
O inuincibles Amazones !
Iamais les rameaux qu'il vous faut
Ne manqueront à vos couronnes.

  Que Cupidon cacbe ſes fleſches,
Elles ne font rien pour ces breſches
Son bandeau qui ſe t d'eſtendart
A la bataille de vos charmes,
Et auſſi foible que ſon dard
Pour le fer brillant de ces armes.

    Vos yeux dont les puiſſantes
      flammes
Font mourir les plus fortes ames,
Ont plus de prinſe ſur nos cœurs,
Et ſi leurs traits ne vous defendent
Vos ennemis ſeront vainqueurs
De vos murailles qui ſe rendent.

  Ouurez ce corcelet d'yuoire
Qui vous acquerra la victoire,
Le moindre traict de vos regards,
Lors que vous ſerez combatuës,
Auec plus d'effort que cent dards
Rend a leurs forces abbatuës.

    Laſchez les ondes de vos treſſes,
Vous les verrez dans les detreſſes,
Ils ſe perdront parmy ces mers:
Ces cheueux flotant au Zephyre
Seront les chaiſnes & les fers
Qui les mettrôt ſous voſtre empire.
  Bien qu'il ſoit temps qu'elles combattent

Pour la victoire qu'ils debatent
A la deffenfe de leurs trous,
Quand elles feroient plus accortes,
Si l'Amour ne leur fait fecours
Elles ne font pas affez fortes.

Mais toutesfois leur grand courage
Les portera dedans l'orage,
Et fi bien toft les ennemis
N'abattent ce fort par les mines,
Tout le combat eftant remis
Ils n'en verront pas les ruines.

Elles n'ont rien d'vn cœur de féme
L'efpoir de vaincre les enflamme,
On les verra fur le rempart
Contre les troupes ennemies,
Sans redouter aucun hazard,
Donner pour la gloire leurs vies.

Voicy l'attaque qui fe donne,
I'entends le fifre qui refonne,
Les Soldats s'arment au combat,
Le fort fe met dans les allarmes,
A la charge le tambour bat,
Toutes ces troupes font en armes.

Chafqu'vn pour l'honneur qui les touche
Brufle d'aller à l'efcarmouche,
Les Chefs les y meinent de rang :
Le bruit des moufquets qu'on defferre,
Où plufieurs fe baignent de fang,
Font effroyable cette guerre.

La furie de ceft orage
Modere vn peu leur fiere rage,

Ils succombent dessous le fer,
A leurs efforts manquent les forces
Non le desir de triompher,
Qui n'a pour eux que trop d'amorces.
Tout à l'instant que la retraite
D'vn vœu commun a esté faite,
L'ennemy qui se croit plus fort
Commande à son tambour d'apprendre
Des Capitaines de ce fort
S'ils sont disposez à se rendre.
Ils n'ont pour telles Ambassades
Qu'vne gresle de mousquetades
D'ont s'aigrissent les assaillants
Qu' vont haster la batterie,
Où les chefs mesme plus vaillants
Commandent à l'artillerie.
On emplit les gabionnades,
On fait bruyre les canonnades,
Alors sortans d'effroy confus,
Et de la fureur qui les pousse,
A peine ils ont porté leurs feux
Sur les canons, qu'on les repousse.
L'ennemy le suit à la queüe,
Les feux y troublent nostre veüe,
Celuy-là s'eslance à la mort
Contre l'acier mortel des picques,
Les autres fuyent dans le fort.
Chassez du rempart des barriques.
On abbat ainsi leur terrasses
Pour estre maistres de ces places.
Ces feux les vont tost accabler,

Par vn grand mouuement de terre
Leurs murailles iront en l'air
Auec plus de bruit qu'vn tonnerre.
Sur ce deſſein les Amazones
Cherchant l'honneur de leurs couronnes
Font vn deffi par vn cartel.
Quatre ſans armet ny ſalade
Venus au choc d'vn coup mortel
Tombent dans ceſte camiſade.
Pendant qu'on les bat en ruine,
Ou qu'on leur fait joüer la mine
Elle ne ſont point en deffaut,
L'eſperance qui les alleſche,
A l'heure qu'on liure l'aſſaut
Les encoürage ſur la breſche.
Dans les abois des canonades
Elles iettent mille grenades,
Et bien qu'on enfonce leur fort,
Apres vne longue ſecouſſe,
Elles n'ont pas plus mauuais ſort
Des aſſaillants que l'on repouſſe.
Ainſi cét aſſaut qui s'acheue
Met tout le camp dedans la trefue,
Chacun des grands eſt honoré
De l'eſtime de ſa vaillance,
Quand ces Dames au char doré
Viennent choquer à coüps de lance.
Les trompettes font leur courage
Beaucoup plus fort en aduantage,
Leur bras guidé par le bon-heur
Rend plus puiſſante leur adreſſe,

L'escu doré, & leur valeur
Ont le loyer de leur proüesse.

   Dés aussi tost le camps en armes
Reprend ses premieres alarmes,
Les assaillants batent les tours,
Destruisants toutes leurs machines,
Qui tost sans espoir de secours
S'escouleront dans leurs ruines.

   Aux puissans esclats de la poudre
La terre semble se dissoudre,
Les Dames en sont aux abois
Ce tintamarre iusqu'aux nuës,
Et tant d'effroyables abbois
Les rendent toutes esperduës.

   Au moindre coup le ciel & l'ondé
Donnent frayeur à tout le monde
Car de ces feux brillants & clairs
La mer seroit tost consumée,
L'air embrazé de tant d'esclairs
Le ciel noircissoit de fumée.

   Les tours & les donjős se bruslent,
Ie vois ces troupes qui reculent
Leurs bataillons sont tous confus,
Les armes ne font plus d'obstcless
De ces tours sortent mille feux
Dont les effects sont des miracles.

   Belles Dames ceste defaite
Vous donra part à nostre feste
Par la prinse de vostre fort,
Et des muraille abatües:
Ainsi vous beuicez le fort

D'auoir

D'auoir eſté ſi bien vaincuës.

Ceſſez vaillantes Amazones,
Le ciel vous offre les couronnes,
Que vos exploits ont merité,
Voſtre combat remply de gloire
Se lira dans l'eternité,
Sous le rapport de la memoire.

Voyons noſtre bande guerriere
Dans le combat de la barriere,
I'oy le tambour qui rebondit,
Le ſon argenté des trompettes
Si fort dans le ciel retentit
Que tous les Dieux en font des feſtes.

Le firmament nous ſert de lampe
Pendant que l'vn & l'autre campe
Dans leurs tentes & pauillons,
Chacun en faueur des tenebres
Nous diſpoſe des bataillons,
Et des victoires plus celebres.

Les chefs vont au choc ſans malice,
Gardant les points de la milice :
On n'y peut eſtre que vainqueur
Car les hazards de ceſte guerre
Ne leur ſçauroient glacer le cœur
De l'effroy d'y tomber à terre

S'entre-choquants tous de leur lance
Ils chamaillent à tout outrance,
Leur fer eſtincelle de coups :
Ils frappent ſi fort des eſpées,
Ores par rang puis apres tous,
Qu'elles en ſont demy coupées.

D

Apres cela vient la retraite,
L'ennemy mefme la fouhaite,
Ils fe couronnent d'oliuiers :
Mefme le Dieu Mars s'en ombrage
Leut faifant part à fes lauriers
Pour le loyer de leur courage.

A MONSEIGNEVR LE DVC
DE LA VALETTE.

Les Lauriers de fa valeur.

SONNET.

Q Voy que le Ciel armé de rage,
   Bruyant d'vn horrible courroux,
Lois qu'il defcharge contre nous
Toutes fes rages en orage,
Et que le foudre plein d'outrage
   Embrazant l'air de mille coups.
   Efpargne pour l'amour de vous
   Les lauriers exempts du rauage :
Monfeigneur, ce n'eft pas affez
   Pour tant de beaux actes paffez,
   Exploits de vos mains vainquereffes :
Car tout en eux eft limité,
   Veu l'infini de vos proüeffes,
   Qui font à l'immortalité.

A MONSEIGNEVR LE COMTE DE CANDALE.

Souhaits à son arriuée.

QV'on ioigne au suiet de nos festes
  L'honneur de vos actes guerriers,
Puis que l'Hyuer rend ses lauriers
Pour la gloire de vos conquestes,
Et que les plus vaillans Soldats
Vous adorent pour vn grand Mars,
Ou pour le Soleil de la terre,
Et s'ils ne le sont de mes vers,
Grand Comte, que vos faicts de guerre
Soient le discours de l'vniuers,

AVX DAMES,

SVR LE RIX DES BAGVES
qu'elles ont donné.

SONNET.

DAMES que l'vniuers estime
Comme des Temples precieux
Où les mortels sont à vos yeux
Tributaires d'vne victime :
Si l'Amour & la gloire anime
Ces Caualiers victorieux,
C'est pour vos bagues dont les Dieux
Enuieroient l'heur & l'estime.
Ils ont beau courre pour le prix
Dont les charmes les ont espris,
Quoy qu'ils emportent la victoire,
Où leur valeur sera sans fin,
Vos attraits auront plus de gloire,
Car ils seront vostre butin.

A MADAME

LA MARQVISE

DE DVRAS.

LE ciel auec tous ſes flambeaux
   Qui ſont ſi brillants & ſi beaux
Ne nous produit pas tant de flammes,
Que vos charmes, qui ſont nos fleaux
En ont pour embrazer nos ames!
Meſme depuis que par vos yeux
La mort s'en prend contre les Dieux,
Car vos regards leur font la guerre
Ont ils iamais veu dans les cieux
Vn tel ſoleil que ſur la terre?

A LA MESME DAME.

La caufe du retour du Soleil en fa
carriere à la loüange
de fa beauté.

SONNET.

L'Aftre du ciel terni de honte
    Auoit caché deſſous les eaux
    Cent fois fon char & fes cheuaux
    Marry que voftre œil le furmonte,
En vain tout autant il remonte,
    Ses beautez ne font que deffauts,
    Tous fes brillants deuiennent faux
    Auec les voftres mis en conte,
Enfin s'eſloignant de vos yeux
    Il creut venir plus radieux,
    Mais tant s'en faut il n'a que glace:
Refte qu'à la fin nous l'ayons,
    Puis qu'il perdoit tous fes rayons
    En s'eſloignant de voftre face.

A MADAME

DE MONFERRAN.

QVe le Ciel cache les rayons
De ce Soleil que nous voyons,
Il ne me chaut plus qu'il me luiſe:
La moindre nuë dedans l'air
A chaque moment peut troubler
Ses rayons glacez par la biſe,
Madame au Ciel de voſtre front,
Deux beaux Soleils meſlent en rond
Leur rays d'or à vos treſſes blondes:
Ils nont iamais ſouffert de nuict
Car les flammes qu'vn ſeul produit
Pourroient eſclairer mille mondes,

A MADAME

D'HAVTERIVE.

LE Ciel pour auoir l'aduantage
Sur ce que la nature fait,
Fit vn ouurage plus parfait,
Que tous les charmes d'vn visage,
Alors nature sans reserue
Vous arma des traicts de Cypris,
Mais le Ciel emporta le prix,
Vous donnant l'esprit de Minerue.

CAILLAVET.

9 782019 688059